Guy Bass

Noah Unendlich

Guy Bass ist ein mehrfach ausgezeichneter Kinderbuchautor und schreibt Theaterstücke für Kinder und Erwachsene. Als Kind las er am liebsten Comics und hoffte darauf, eines Tages ein Superheld zu werden. Dieser Wunsch ist bis heute geblieben. Gemeinsam mit seiner Frau lebt er in London, England.

Guy Bass

Noah Unendlich

aus dem Englischen von Julia Süßbrich
mit Illustrationen von Steve May

GULLIVER
von BELTZ & Gelberg

Für meinen Vater

Inhalt

„Willkommen bei ‚TV Heute'. Ich bin Conni Funk. Wir senden gerade aus dem ruhigen Dorf Dudelwick. Vor einem Monat war ich hier, als die sogenannte ‚Dudelwick-Doppelung' anfing. Auch nach einem Monat geht die Verdoppelung weiter und weiter ... und weiter. Forscher sagen, die Zahl der Doppelgänger wird noch steigen: bis morgen früh auf eine Milliarde. Heute frage ich: Was bedeuten diese Verdoppelungen für die Zukunft von Dudelwick ... und für alle anderen Menschen auf der Erde?"

Einen Monat zuvor ...

Kapitel 1
Spaghetti mit Tomaten-Soße

Dudelwick-Doppelung – Tag null

Noahs: 1

„Was ist das?“, fragte Noah. Er warf einen Blick auf das Essen in der großen Schale und verzog das Gesicht.

Frau Futter, die das Essen ausgab, stierte ihn an.

„Hack-Braten“, sagte sie. Ihr großer Löffel kreiste über der Schale – bereit, Noah ein Stück Hack-Braten zu geben.

„Was ist da drin?“, fragte Noah.

Frau Futter hob eine Augenbraue.

„Hack“, antwortete sie.

„Ich will Spaghetti mit Tomaten-Soße“, sagte Noah.

Frau Futter stöhnte. Dann erwiderte sie: „Wir haben aber gerade Hack-Braten vor der Nase. Ich sag es dir noch mal, Noah. Und ich bin sicher, das ist nicht das letzte Mal. Montag ist Spaghetti-Tag. Dienstag ist Hack-Braten-Tag. Mittwoch ist Pizza-Tag. Donnerstag ist Hähnchen-Tag. Und dann kommt, klar wie Kloßbrühe, der Freitag. Und wie nennen wir den Freitag noch?“

Noah rollte mit den Augen. „Fisch-Freitag.“

„Fisch-Freitag! Aus dem Meer auf deinen Teller!“, tönte Frau Futter.

„Ja, aber ...“, sagte Noah.

„Aber jeden Tag fragst du mich nach Spaghetti

mit Tomaten-Soße“, sagte Frau Futter. „Jeden. Einzelnen. Tag.“

„Weil ich eben jeden Tag Spaghetti mit Tomaten-Soße will“, sagte Noah trocken.

„Und ich will, dass meine Katze aufhört, in meine Obst-Schale zu kacken“, sagte Frau Futter. „Aber jeden Tag komme ich nach Hause und sehe, dass Katzilla die Hunnin ihr Geschäft auf meinen Pflaumen gemacht hat.“

„Das ist wie in dem Lied“, fuhr Frau Futter fort: *„Du kannst nicht immer alles haben, was du willst. Aber wenn du es versuchst, bekommst du vielleicht manchmal das, was du brauchst ...“*

„Ich habe keine Ahnung, was das heißen soll“, sagte Noah.

„Das kommt noch“, erwiderte Frau Futter. „Aber jetzt schau mal, Noah: Ich muss noch viele andere Mäuler stopfen. Ich weiß, es ist kaum zu glauben, aber die wollen nicht alle Spaghetti mit Tomaten-Soße“, sagte sie. Frau Futter zeigte auf die lange Reihe von Kindern hinter Noah. Und als er sich umdrehte, klatschte sie einen Löffel Hack-Braten auf Noahs Teller. *„Bon appétit!“*, sagte sie noch dazu. „Ich freue mich schon darauf, morgen wieder mit dir zu plaudern.“

‚Warum sollte jemand *keine* Lust auf Spaghetti mit Tomaten-Soße haben?‘, dachte Noah und starrte auf seinen Teller mit Hack-Braten.

Wenn es nach ihm ginge, würde Noah jeden Tag Spaghetti mit Tomaten-Soße essen. Mittags und abends. Er würde jeden Morgen um genau 6:45 Uhr aufstehen und jeden Abend um genau 22:10 Uhr ins Bett gehen. Er würde nur kalte Milch trinken und auch nur aus einem großen Glas, mit Strohhalm. Und er würde nur Bücher über Dinosaurier lesen.

Wenn es nach Noah ginge, würden auch alle anderen nach seinen Regeln leben. Aber so war das Leben nicht. Jeder war anders. Das war *sehr* frustrierend.

‚Warum kann nicht jeder so sein wie ich?', dachte Noah. Er musste etwas unternehmen.

Aber was?

Kapitel 2
Dinosaurier

Noahs Tag wurde nicht besser. Ganz und gar nicht.

Wie sollte er auch? Seine Lehrerin, Frau Fiddy, lehrte in ihrer Klasse immer nur Dinge wie persönliche Fürwörter und giftige Pflanzen. Über Dinosaurier sprach sie nie.

Noah wusste eine *Menge* über Dinosaurier.

Er wusste, dass der Dinosaurier mit dem längsten Namen der *Micropachycephalosaurus* war.

Er wusste, dass das kleinste je gefundene Dino-Ei nur 3 Zentimeter lang war.

Er wusste, dass der bisher älteste bekannte Dino-Fund der *Eoraptor* war – und dass dessen Skelett 1991 in Argentinien ausgegraben wurde.

Es war nicht nur so, dass Noah sich für Dinosaurier interessierte – er interessierte sich für nichts anderes.

Aber wenn Noah es wagte, die Klima-Unterschiede zwischen dem Jura-Zeitalter und der Kreidezeit zu erwähnen, während die Lehrerin mit der Klasse über Gedichte sprach … Dann schaute Frau Fiddy ihn ernst an und sagte: „Keine Dinosaurier, Noah. Heute nicht."

Noah merkte schnell: Mit den Dinosauriern im Unterricht lief es genauso wie mit den Spaghetti mit Tomaten-Soße an einem Dienstag bei Frau Futter in der Mensa.

Das war aber kein Grund für ihn, es nicht zu versuchen.

„So, wer kann mir ein Beispiel für eine Metapher geben? Also für einen Vergleich ohne das Wort ‚wie'?", fragte Frau Fiddy um 14:59 Uhr. „Fällt jemandem etwas ..."

„Der *Archaeopterix* war ein Regenbogen von Farben!", rief Noah und wedelte mit der Hand durch die Luft.

„Gut, ja", sagte Frau Fiddy. Sie versuchte, nicht zu seufzen. „Ich denke schon, dass das eine Metapher ist, *aber* ..."

„Der *Archaeopterix* ist die älteste Vogel-Art", fügte Noah mit lauter Stimme hinzu. „Der größte *Archaeopterix* konnte einen halben Meter lang werden und hatte eine Flügel-Spannweite von ..."

„Danke, Noah", sagte Frau Fiddy und hob die Hand. „Ich glaube, für heute haben wir genug über Dinosaurier gehört."

Noah dachte: ‚Das kann doch nicht sein. Wie sollte jemand von Dinos je genug haben?‘

Aber es war wohl so: Je mehr Noah sich für Dinosaurier interessierte, desto weniger taten das alle anderen. Die anderen Kinder in seiner Klasse spielten immer nur blöde, nutzlose Ganz-ohne-Dinos-Spiele – Fußball oder Fangen.

Noah wusste, dass manche Kinder Dinosaurier mochten. Aber sogar diese Kinder hörten auf, über Dinos zu sprechen, wenn er in ihre Nähe kam. Sie sprachen dann lieber über Video-Spiele und die Größe von Planeten. Und darüber, warum es regnet und wie man das Alphabet rülpst, und über die besten Farben für Socken.

Socken!

‚Wenn doch nur alle mehr so wären wie ich‘, dachte Noah. Diesen Gedanken hatte er nun schon das zweite Mal an diesem Tag. (Und das 100. Mal in diesem Jahr.)

Da beschloss Noah, aufzuhören mit diesem ‚Wenn doch nur …'.

Noah beschloss, zu *beschließen*.

Bald ging der Schultag zu Ende. Und am nächsten Tag würde alles wie immer sein. Noah nahm seinen besten Bleistift und drückte ihn so fest, dass er in seinen Händen zerbrach. ‚Ich muss etwas beschließen', dachte er.

Die Uhr schlug Viertel nach drei. Es gongte zum Ende des Schultags. Und dieses Mal wünschte Noah sich nicht nur etwas. Er beschloss:

„Ich brauche mehr von mir."

Kapitel 3
Noch ein Noah

Mittwoch.

Noah wurde um 6:45 Uhr wach und aß sein Frühstück. Wie immer.

- 1 weiches Ei, wie immer fünf Minuten gekocht
- 1 Scheibe weißen Toast, wie immer bis zum Rand gebuttert
- 1 großes Glas Milch, wie immer mit Strohhalm

Dann ging Noah zur Schule. Er brauchte neun Minuten. Auf dem Weg zählte er im Kopf so viele Dinosaurier auf, wie ihm einfielen.

So weit, so Mittwoch.

Erst als Noah in seine Klasse kam, war etwas anders. Jemand saß auf seinem Platz.

Noah blinzelte, zwei Mal.

Nein, da saß nicht *jemand* auf seinem Platz.

Das war er.

Er saß auf seinem Platz.

Dudelwick-Doppelung – Tag 1
Noahs: 2

Der andere Noah glich ihm ganz genau. Er hatte Noahs dunkle Locken, die immer strubbelig waren, egal, wie oft Noah sie kämmte. Er hatte Noahs Stupsnase … und sogar seine Macke im Zahn. Es war so, als ob Noah in den Spiegel schaute. Aber der Noah, den Noah sah, sah nicht ganz aus wie ein Spiegelbild.

„Wwah?“ war alles, was Noah sagen konnte.

Der andere Noah blickte ihn an. Nun hatte auch der Rest der Klasse gesehen, dass da zwei Noahs waren. Ein paar Kinder verdrückten sich in die Ecken. Einige schauten fasziniert hin. Andere blickten misstrauisch und grimmig herüber.

Noah scherte sich nicht darum. Er ging langsam auf den anderen Noah zu. Sein Herz hämmerte in seiner Brust.

Mit weit aufgerissenen Augen stotterte er: „Du ... du bist ein zweites Ich. Habe ... habe ich dich *beschlossen*?“

Der andere Noah zuckte mit den Schultern und erwiderte: „Na ja, ich habe dich nicht beschlossen. Also hast du bestimmt mich beschlossen. Nun bin ich hier.“

„Es hat geklappt ... mein Nicht-Wünschen hat geklappt!“ Noah lachte. Er schaute seinen Doppelgänger von oben bis unten an. „Die ganze Zeit habe ich mir nur etwas gewünscht ... Ich hätte wissen können, dass ich damit meine Zeit verplemperte. Ich musste nur mal etwas *beschließen*.“

„So sieht's aus!“, sagte der andere Noah. „Also, an wie viele Dino-Namen hast du heute auf dem Schulweg gedacht?“

„Hundertzwei“, sagte Noah.

„Drei mehr als gestern“, sagte der andere Noah.

„Moment mal. Du weißt, wie viele Dinos ich gestern gezählt habe. Aber du weißt nicht, wie viele ich heute gezählt habe? Warum?“, fragte Noah.

„Wir wissen es beide. Wir wissen gleich viel“,

sagte der andere Noah. „Wir unterscheiden uns aber vielleicht ein *kleines* bisschen. Ansonsten ..."

„... sind wir gleich!", sagten sie zusammen.

Ein Grinsen breitete sich auf ihren beiden Gesichtern aus. Nur Noahs Grinsen war noch ein klein wenig breiter, denn das war *sein* Werk. Er hatte das beschlossen.

„Morgen, Amsel-Klasse", sagte Frau Fiddy mit einer Für-einen-Mittwoch-nett-Stimme. Sie betrat mit Schwung das Klassenzimmer, voll beladen mit Heften. „Wie geht es der Amsel-Klasse denn heut- ... *aaaa*AAAAH!"

Frau Fiddy ließ die Hefte fallen und starrte die beiden Noahs an. „Zwei!", piepte sie vor Schreck. „Wie zwei? Wer wie? Zwei, die ..."

„Sie klingen wie eine Amsel", sagten beide Noahs zusammen.

Noah sah, wie es im Kopf der Lehrerin arbeitete.

Frau Fiddy war klar, dass der andere Noah kein genau gleicher Zwilling war. Zwillinge können gleich aussehen, aber sie bewegen sich unterschiedlich, atmen unterschiedlich und denken unterschiedlich. Sie *sind* unterschiedlich. Diese zwei Noahs waren dieselbe Person – fast 100 Prozent derselbe Mensch. Noah war verdoppelt worden. Ganz genau, bis ins kleinste strubbelige Haar auf seinem Kopf.

Noah sagte: „Ist schon gut, Frau Fiddy, ich hol mir einen freien Stuhl von hinten. Noah und ich können uns alles teilen."

Und so war es nun. Für den Rest des Tages hatte die Amsel-Klasse zwei Noahs.

Kapitel 4
Noah und der andere Noah

Noah und der andere Noah verstanden sich auf Anhieb prima. Sie hatten ja auch viel gemeinsam.

Sie waren sich einig: Ein einfaches Glas kalte Milch war etwas Tolles. Und ein Teller Spaghetti mit Tomaten-Soße schmeckte wunderbar.

Und natürlich waren sie sich einig, dass nichts in der Welt wichtiger war als Dinosaurier. Eigentlich waren sie sich in allem gleich, bis zum kleinsten Gedanken. Sie wussten, was der andere gerade dachte, gedacht hatte, gleich denken würde. Deshalb unterhielten sie sich oft so:

„Das Beste am *Spinosaurus* ist ...“

„Absolut.“

„Glaubst du, der *Ankylosaurus* ...“

„Klar.“

„Ich wette, der *Parasaurolophus* hat nie ...“

„Natürlich nicht!“

Nach den ersten paar Stunden konnten die beiden Noahs sich alles mit nur einem Blick erzählen. Und bald fanden sie heraus, dass sie sich dafür nicht einmal ansehen mussten. Es war ihr erster gemeinsamer Tag, aber keiner von ihnen sagte noch etwas zum anderen. Das machte Noah gar nichts aus. Er hatte endlich jemanden gefunden, der mit ihm in allem einig war.

Mittags standen beide zusammen fürs Essen an.

Als Noah in der Schlange ganz vorne ankam, sagte Frau Futter: „Ehe du fragst, Noah: *Nein* – es gibt keine Spaghetti mit Tomaten-Soße.

Heute gibt es Pizza. Immerhin ist Pizza auch italienisches Essen ..."

Frau Futter verstummte, als der andere Noah hinter seinem Doppelgänger hervortrat. Sie starrte die zwei Noahs an. Aber sie blieb gelassen, denn sie hatte schon viele seltsame Dinge in ihrem Leben gesehen.

„Was soll das?", fragte sie.

Noah antwortete: „Ich habe beschlossen, ich brauchte mehr von mir."

„Und deshalb bin ich hier", sagte der andere Noah.

„Sie haben gesagt, ich könnte nicht immer haben, was ich will. Aber ich könnte vielleicht bekommen, was ich brauche", fügte Noah hinzu und grinste. „Und jetzt gibt es zwei Stück von mir. Also habe ich, was ich will *und* was ich brauche."

Frau Futter fuchtelte mit ihrer Schaufel vor den beiden herum. „Damit das klar ist, Noah: Ich wollte damit nicht sagen, dass du dich verdoppeln solltest. Na, wie auch immer, ich habe keine Zeit für Hokus-Pokus. Teller her!“

Die Noahs blickten auf ihre leeren Teller und dann auf die heiße, frische Pizza.

„Wir wollen Spaghetti mit Tomaten-Soße“, sagten sie zusammen.

Frau Futter stieß einen Seufzer aus.

Dann sagte sie: „Katzilla die Hunnin hat heute früh in meine Obst-Schale *und* in meine Pantoffeln gekackt. Ich habe keine Lust auf deine üblichen Einwände.“ Mit ihrer Schaufel klatschte sie jedem Noah ein Stück Pizza auf den Teller. „Und wenn ihr euch mal umdreht, seht ihr hinter euch hundert Kinder, die Pizza wollen. Und die muss ich jetzt bedienen. *Arrivederci!* Lebt wohl!“

Noah und der andere Noah starrten auf ihre Pizza-Stücke. Sie schoben sie auf ihren Tellern herum, auf die genau gleiche Art. Und dann kamen sie genau im selben Moment zum selben Beschluss. Sie schauten zusammen auf und starrten sich gegenseitig an.

„Wir brauchen mehr von uns“, sagten sie.

Kapitel 5

Immer mehr Noahs

Die beiden Noahs schliefen in dieser Nacht nicht gut.

Noahs Eltern schliefen auch nicht gut. Sie waren völlig verstört, weil es jetzt zwei Noahs gab. Sie suchten die ganze Nacht lang Erklärungen im Internet und sagten ständig Dinge wie „Wie?" und „Unmöglich!" und „Was werden die Nachbarn sagen!?".

Sie taten so, als wäre Noahs Verdoppelung eine schlimme Krankheit.

Also erklärte Noah seinen Eltern: „Das ist schon okay. Ich habe nur beschlossen, dass ich mehr von mir brauchte, mehr nicht." Aber scheinbar hielt niemand Noahs Verdoppelung für eine gute Idee – außer Noah und dem anderen Noah ...

... Ach ja, und außer den zwei neuen Noahs, die sie am nächsten Morgen im Klassenzimmer vorfanden.

Dudelwick-Doppelung – Tag 2
Noahs: 4

„Mehr von mir!“, rief Noah, als er den dritten und den vierten Noah entdeckte. „Wir haben euch beschlossen! Wir haben euch beschlossen und jetzt seid ihr da!“

„Wir wussten, dass du das sagen würdest!“ Noah drei und vier lachten. Sie sahen genauso aus wie die anderen beiden Noahs – Doppelgänger bis ins kleinste Detail.

„An wie viele Dino-Namen habt ihr auf dem

Schulweg gedacht?", fragten die neuen Noahs zusammen.

„Hundertsechs", sagte Noah.

Und der zweite Noah sagte: „Es waren zuerst nur hundertfünf. Aber dann hat Noah eine Maus gesehen und die hat ihn an den *Mosasaurus* erinnert. An den *Mosasaurus* hatte ich nicht gedacht."

„Vielleicht unterscheiden wir uns echt ein kleines bisschen", sagte Noah.

Die Noahs sahen sich an und dann zuckten sie gleichzeitig mit den Schultern.

„Morgen, Amsel-Klasse", rief Frau Fiddy in ihrer Donnerstag-nur-noch-zwei-Tage-bis-zum-Wochenende-Art. Sie stürmte in den Raum, wie immer voll beladen mit einem Stapel Hefte. „Wie geht es der Amsel-Klasse heut- ... *aaa*AAH!"

Die Hefte fielen mit einem KRA-DAMF! auf den Boden und Frau Fiddy bekam weiche Knie. Wenn sie sich nicht an ihrem Pult festgehalten hätte, wäre sie zu Boden gegangen.

„Vier!“, piepste sie. „Zwei ... jetzt hier ... mehr ... vier!“

„Das ist schon in Ordnung, Frau Fiddy. Wir finden bestimmt noch ein paar Stühle“, sagte Noah. „Wir können teilen.“

Die vier Noahs zwängten sich um einen Tisch. Für den Morgen ging das. Aber es war klar, dass sie mehr Platz brauchten. Am Ende lieh Frau Fiddy einen Tisch aus einem anderen Raum aus und quetschte ihn in die Amsel-Klasse. Alle anderen mussten ein Stück rücken, damit die neuen Noahs hineinpassten.
Das Beste an den vielen neuen Noahs war, dass sie jetzt im Unterricht besser über Dinosaurier sprechen konnten.

SMILODON
BWAARK!
BEAR TALES
BOO!
?

„Ähm, wer kann mir ein Beispiel für ein Verb geben, also für ein Tuwort?“, fragte Miss Fiddy.

„Essen!“, rief Noah.

„Und ... möchte jemand anderes dieses Verb in einem Satz benutzen?“, fragte Frau Fiddy, wie immer voller Hoffnung.

„Der *Ceratosaurus* will den *Stegosaurus* ESSEN!“, sagte der zweite Noah.

„Der *Torvosaurus* konnte den *Coelophysis* nicht ESSEN, denn ...“, begann der dritte Noah.

„... den *Coelophysis* gab es nicht im Jura-Zeitalter!“, ergänzte der vierte Noah.

Die vier Noahs waren stolz auf ihre Verben und ihre Dino-Witze ... aber alle anderen Kinder stöhnten. Frau Fiddy tat ihr Bestes, um den Unterricht wieder auf etwas anderes als Dinosaurier zu lenken.

Noah dachte: ‚Und wenn es mich noch öfter gäbe? Mehr von mir als von allen anderen? Das muss man sich mal vorstellen!'

Frau Futter gab ihnen zu Mittag immer noch keine Spaghetti mit Tomaten-Soße statt des Hähnchens – obwohl alle vier Noahs darum baten.

Am Ende des Schultags war Noah sicher, dass die Verdoppelung weitergehen musste. Als es um 15:15 Uhr gongte, schauten sich die vier Noahs in die Augen und beschlossen:

„Mehr. Wir brauchen noch mehr."

Kapitel 6
Frau Fiddy kippt um

Am Freitagmorgen aßen die vier Noahs ihre weich gekochten Eier und ihren weißen Toast mit Butter bis zum Rand, tranken ihre kalte Milch und machten sich auf den Weg zur Schule. Die Eltern winkten ihnen müde nach. Sie waren nun noch verstörter durch die *doppelte Doppelung*.

Aber die Jungen hatten nur eins im Kopf: Was erwartete sie im Klassenraum? Könnten dort noch mehr von ihnen sein?

Als sie die Hälfte des Weges hinter sich hatten, kam eine Frau quer über die Straße auf sie zu. Die Frau hatte wildes braunes Haar. Ihre Strickjacke war so lang und ausgeleiert, dass sie wie ein Umhang aussah.

„Jungs! Jungs!“, rief die Frau. „Ich bin Conni Funk, vom *Dudelwicker Boten*! Habt ihr einen Moment Zeit für mich?“

Die vier Noahs erstarrten. Sie mochten es nicht, wenn fremde Leute sie ansprachen. Und diese Frau sah so aus, als würde sie nur Ärger machen.

„Stimmt es, dass es vor zwei Tagen erst einen von euch gab?“, fuhr Conni Funk fort. Sie holte ein Notizbuch aus der Jackentasche und zog einen Stift aus ihrem Haar. „Was ist das für eine Geschichte, Jungs? Seid ihr Vierlinge, die lange getrennt waren? Wurden drei von euch gegen ihren Willen in einem Schrank versteckt? Möchtet ihr dazu etwas sagen?“

Die Neuigkeit von den verdoppelten Noahs hatte sich wohl herumgesprochen. Die Noahs waren nicht sicher, was sie sagen sollten. Also gingen sie weiter und versuchten so zu tun, als wäre Conni Funk gar nicht da.

Aber Frau Funk jagte ihnen hinterher, mit Stift und Notizbuch in der Hand. „Seid ihr operiert worden? Oder seid ihr geklont worden, von verrückten Forschern? Die Menschen in Dudelwick haben ein Recht darauf, das zu erfahren!"

Am Ende beschlossen die Noahs, wegzulaufen. Sie brauchten sich gar nicht abzusprechen, sie rannten einfach die Straße hinunter. Und sie stoppten erst, als sie es durch das Schultor geschafft hatten. Während sie durch den Gang zu ihrem Klassenraum rasten, trafen sie auf Frau Fiddy. Wie immer war sie voll beladen mit Büchern.

„Nicht rennen, Noah ... Noahs", sagte sie, während sie um die Ecke bog und ins Klassenzimmer trat. „Ihr wisst doch: Es ist besser, in diesem Leben zu spät zu kommen als zu früh ins nächste ... AAAH!"

Die Noahs hörten ein PAD-DAMM!

Und dann einen RUMMS.

Die Jungen flitzten in den Klassenraum. Dort lag Frau Fiddy platt auf dem Boden, inmitten ihrer Bücher. Sie war umgekippt. Warum sie umgekippt war, verstand Noah schon, bevor er aufsah.

Vier weitere Noahs warteten auf ihn.

Dudelwick-Doppelung – Tag 3

Noahs: 8

„Ha! Noch mehr!“, sagte Noah laut und zeigte auf die neuen Noahs. Aber er beschloss gleich, dass sie *noch* mehr brauchten. Und als ob die anderen sieben Noahs das Gleiche gedacht hätten, riefen sie: „Mehr! Wir wollen mehr!“

„Dann ist das beschlossene Sache“, sagte Noah mit einem Grinsen. „Mehr, mehr, mehr!“

Kapitel 7

Was ein Wochenende ausmacht

Die acht Noahs erwachten am Samstagmorgen wie immer um 6:45 Uhr. Sie hatten alle bei Noah geschlafen, eng zusammen auf Decken, Schlafsäcken und Kissen. Sie waren überall in Noahs Zimmer und auch in einem Teil des Wohnzimmers.

Noah sagte: „Okay, lasst uns ...“, aber er konnte nicht ausreden. Die anderen Noahs antworteten schon: „Ja, genau!“

Alle Noahs waren auf dieselbe Idee gekommen, ohne ein Wort darüber zu reden: Nach dem Frühstück wollten sie zur Schule gehen, obwohl Samstag war. Sie wollten in ihrem Klassenraum nachsehen, ob dort noch mehr Noahs auf sie warteten.

Aber als Noah aus seinem Fenster schaute, sah er acht nagelneue Noahs im Vorgarten. Seine Doppelgänger tauchten wohl einfach überall da auf, wo es ihnen am besten passte.

Dudelwick-Doppelung – Tag 4
Noahs: 16

Sie hatten einen wunderbaren Dino-Spiel-Tag und taten alle so, als wären sie ein *Tyrannosaurus*. Dann einigten die 16 Noahs sich ohne ein Wort darauf, dass sie noch mehr von sich brauchten. Als sie ins Bett gingen, waren sie sicher, dass sie sich wieder verdoppeln würden. Und das taten sie auch.

Am Sonntag standen 16 weitere Noahs vor der Tür. Sie kamen zu den 16 Noahs hinzu, die im Wohnzimmer *Jurassic Park* guckten.

DINO PLAY!
DINO

Dudelwick-Doppelung – Tag 5
Noahs: 32

Als der Montag kam, war klar: Noah war nicht besonders überrascht, dass im Klassenraum 32 weitere Noahs auf ihn warteten.

Dudelwick-Doppelung – Tag 6
Noahs: 64

64 Noahs! Das waren doppelt so viele, wie überhaupt Schüler in der Klasse waren.

*

Als Frau Fiddy in der Tür zum Klassenraum stand, schniefte sie: „Ich ... ich kann ... ich kann das nicht!“

Dieses Mal warf sie die Hefte auf den Boden – also auf das bisschen Boden, das noch frei war. Die vielen Noahs füllten fast jeden Zentimeter

Platz und die anderen Kinder wurden an den Rand gedrängt.

Frau Fiddy schluchzte: „Wir können nicht mal ... wo kommt ihr alle ... wo soll ich ... ich kann das nicht!“

Am Ende brachte sie ihre Klasse in die Sporthalle. Die 64 Noahs saßen auf Matten und die anderen Kinder setzten sich hinter ihnen auf den Boden. Sie warteten ab, was nun passierte. Frau Fiddy wollte endlich mit dem Unterricht beginnen. Sie stand vorne und schaute alle Noahs an.

Aber was auch immer Frau Fiddy mit diesem Montagmorgen vorhatte: Die 64 Noahs hatten ihre eigenen Vorstellungen.

Kapitel 8

Man kann nicht immer alles haben

Frau Fiddy hatte Stress, wie immer. Sie fragte: „Kann ... kann jemand ein Beispiel für ein Palindrom geben? Ein Palindrom ist ein Wort, das man vorwärts und rückwärts lesen kann. Wie ‚Kajak' oder ‚Rentner'. Weiß jemand ..."

Alle Noahs meldeten sich im selben Moment.

„N... Noah?", fragte Frau Fiddy.

„Dinosaurier", sagte Noah. Das Wort schien zu zerbröseln, als es aus seinem Mund kam. Es war sein erstes Wort seit zwei Tagen. Weil alle Noahs immer die gleichen Ideen und Gedanken hatten, brauchten sie fast nie miteinander zu reden.

„Ähm, Noah, das Wort ‚Dinosaurier' kann man doch nicht vorwärts und rückwärts lesen, oder?", fragte Frau Fiddy. „Weißt du ..."

„Wir wollen aber etwas über Dinos lernen", sagte ein anderer Noah.

„Wir alle wollen etwas über Dinos lernen", sagte ein weiterer Noah.

„Wir alle", riefen alle 64 Noahs zusammen. Das hallte durch die ganze Halle.

„So ... so läuft das nicht, Noah", sagte Frau Fiddy. „Wir sind hier in der Schule. Wir können nicht einfach etwas Bestimmtes lernen, nur weil du das willst. Sieh mal, hier sind noch andere Kinder, die ..."

„Dinosaurier!", grölten die 64 Noahs zusammen. „DINOS! DINOS! DINOS!"

Das war zu viel für Frau Fiddy. Sie rannte aus der Halle, mit Tränen in den Augen.

„Geschieht ihr recht“, sagte Noah zu sich selbst. Er dachte daran, wie oft seine Lehrerin ihn davon abgehalten hatte, über Dinosaurier zu reden. Aber er fühlte, wie sich ein Klumpen Schuldgefühl tief in seinen Bauch grub.

Dann fiel Noah ein, dass Montag war, und er konnte an nichts anderes mehr denken als an Spaghetti mit Tomaten-Soße.

*

Als endlich Zeit fürs Mittagessen war, landete Noah irgendwie als Letzter in der Schlange, hinter den 63 anderen Noahs. Gut gelaunt wartete er darauf, dass er drankam – nichts konnte ihm den Spaghetti-Montag verderben. Er sah, wie Frau Futter Teller voller Spaghetti mit Tomaten-Soße an alle seine Doppelgänger ausgab, und ihm lief das Wasser im Mund zusammen.

„Spaghetti mit Tomaten-Soße, bitte“, sagte Noah, als er vorne angekommen war.

Frau Futter wedelte mit ihrem großen Löffel über der leeren Schale herum. „Sind mir gerade ausgegangen“, sagte sie.

„Keine mehr da?“, fragte Noah. „Aber es ist Spaghetti-Montag – ich will Spaghetti mit Tomaten-Soße.“

„Und ich will eine Katze, die einen Pantoffel von einem Katzenklo unterscheiden kann“, sagte Frau Futter. „Von euch gibt es einfach zu viele, Noah. Mit den Spaghetti ist es wie mit meinem Traum, Opernsängerin zu sein: aus die Maus. Ich musste schon ein bisschen von dem Hack-Braten aufwärmen, der für morgen gedacht ist.“

„Hack-Braten? Ich will aber keinen Hack-Braten, ich will Spaghetti mit Tomaten-Soße!“, schrie Noah. Er zeigte auf all die anderen Noahs in der Mensa. „Sie können nicht denen Spaghetti mit Tomaten-Soße geben und mir nicht! Ich bin der erste! Ich bin der erste Noah!“

„Bist du das?“, fragte Frau Futter und sah ihn genau an. „Wie viele von euch gibt es denn nun?“

„64“, sagte Noah. „Bis jetzt.“

„Na, das sind ja recht viele, finde ich ... Vielleicht ist es jetzt auch genug“, sagte Frau Futter. Sie holte eine Schale aus dem Ofen und stellte sie vor Noah ab. „So, willst du jetzt Hack-Braten oder nicht?“

Noah verzog das Gesicht. „Was ist da drin?“

Ein Lächeln blitzte über Frau Futters Gesicht. „Hack“, sagte sie.

Kapitel 9
Genug ist (nicht) genug

Nachdem Noah an einem Montag Hack-Braten essen musste, beschloss er, dass es wohl Zeit für eine Pause von der Verdoppelung war. Nicht, weil Frau Futter das gesagt hatte – er musste nicht tun, was sie sagte! Aber vielleicht, nur vielleicht, waren 64 Noahs genug. Sie machten jetzt fast ein Drittel der Kinder an dieser Schule aus.

Noah wollte gerne den anderen Noahs von seinen Gedanken erzählen – obwohl er sicher war, dass sie eh so denken mussten wie er.

„Ich habe beschlossen, wir sollten mit dem Beschließen aufhören", verkündete Noah auf dem Weg nach Hause. „Das Haus ist doch voll, und Mama und Papa haben schon gesagt, wir müssten umziehen ... Und heute Mittag sind Frau Futter die Spaghetti mit Tomaten-Soße ausgegangen. Es gibt jetzt zu viele von uns ... vielleicht müssen wir beschließen, *nicht* noch mehr zu werden."

„Keine Verdoppelung mehr?", fragte ein Noah. Er klang ein wenig überrascht.

„Keine mehr, okay?", antwortete Noah.

Keiner von den Noahs sagte etwas. Und zum ersten Mal war Noah nicht ganz sicher, was die anderen dachten.

„Ich finde, wir sollten wenigstens ein paar Tage warten", fügte Noah hinzu. „Und wenn wir dann beschließen, dass wir mehr von uns brauchen ... Dann können wir beschließen, wieder loszulegen."

„Also ... ist das beschlossen", sagten drei Noahs zusammen.

Noah seufzte leise vor Erleichterung. Und dann

sah er, wie die anderen Noahs sich schnell Blicke zuwarfen, die er gar nicht verstand.

*

Dienstag früh, auf dem Weg zur Schule, rannte Noah vor den anderen Noahs her. Er musste nachsehen, ob die Verdoppelung wirklich aufgehört hatte ... wenigstens für den Moment. Er war schon fast am Schultor, als jemand seinen Namen rief.

„Noah! Noah Unendlich!“

Noah drehte sich um. Er sah die Reporterin Conni Funk hinter ihm die Straße herunterrennen. Wie immer war ihr Haar strubbelig. „Du bist doch Noah, oder?“, fragte sie.

„Ich muss zur Schule!“, rief Noah und rannte weiter.

Aber Conni Funk jagte hinter ihm her, mit dem Notizbuch in der Hand und flatternder Strickjacke.

Während Frau Funk Noah überholte, rief sie: „Die Leute reden von der ‚Dudelwick-Doppelung'! Es heißt, ihr Jungen würdet euch jeden Tag verdoppeln!" Dann drehte sie sich um und verstellte ihm den Weg zum Schultor. „In einer Woche wird es Tausende von euch geben, Noah!"

„Ich weiß nicht, was Sie ... Moment, *Tausende*?", stieß Noah hervor.

„Stimmt doch, oder?", sagte Conni Funk. „Seit über einer Woche habt ihr euch jeden Tag verdoppelt. Erst zwei, dann vier, dann acht ..." Sie zückte ihr Notizbuch. „Ich habe das berechnet. Möchtest du mal gucken?"

‚Berechnet?', dachte Noah.

Und plötzlich fragte er sich, warum er das nicht

selbst getan hatte. Conni Funk hatte recht – die Noahs verdoppelten sich in der Tat jeden Tag. Und diese Zahl würde sehr bald sehr groß werden. Conni Funk schlug ihr Notizbuch auf und zeigte Noah die passende Stelle.

Die Worte ‚Dudelwick-Doppelung?!?' standen oben auf der Seite. Und darunter ...

Tag 1 – (2)

Tag 2 – (4)

Tag 5 – (32)

Tag 10 – (1 024)

Tag 12 – (4 096)

Tag 15 – (32 768)

Tag 20 – (1 048 576)

Tag 30 – (1 073 741 824)!!!!

Noah schluckte.

„Dreißig Tage? Ist das nicht so ungefähr ein Monat?“, murmelte er. Conni Funk nickte. Noah spähte nach dem Notizbuch. „Wie groß ist … wie viel ist das, diese große Zahl da?“

„Über eine Milliarde Noahs … in einem Monat“, sagte Conni Funk.

Noah wurde schlecht. Er konnte sich gar nicht vorstellen, wie viel eine Milliarde von ihm wären oder eine Milliarde von sonst jemandem oder von irgendetwas. Gab es überhaupt genug Spaghetti mit Tomaten-Soße auf der ganzen Welt für so viele Noahs?

„Moment, das ist schon okay“, sagte er. Noah dachte daran, was er am Vortag beschlossen hatte. Er schaute sich um und zeigte auf die 63 Noahs, die ihnen auf der Straße entgegenkamen. „Ich ... wir ... haben beschlossen ... Wir haben beschlossen, dass wir aufhören müssen, uns zu verdoppeln."

„Habt ihr das?", fragte Conni Funk. Sie drehte sich um und sah zur Schule. „Wer sind dann *die* da?"

Aus den Türen der Schule kamen noch mehr Noahs. Sie gingen auf den Schulhof, einer hinter dem anderen ... alle 64. Die Noahs hatten sich schon wieder verdoppelt.

Dudelwick-Doppelung – Tag 7
Noahs: 128

Noah stammelte: „Noch mehr? Aber ... aber ich habe doch beschlossen ...! Ich habe beschlossen, dass wir aufhören!"

„Wir haben etwas anderes beschlossen“, erwiderte einer der Noahs hinter ihm.

Noah schrie: „Aber ... aber ihr seid ich! Ihr seid alle ich! Wir haben dasselbe beschlossen!“

„Wir sind wohl doch ein wenig anders“, meinte ein anderer Noah. „Egal, wir haben jedenfalls beschlossen, dass du nicht beschließen darfst.“

„Ja genau, wir haben beschlossen, dass wir nicht aufhören“, fügte ein weiterer Noah hinzu. „Jetzt nicht und überhaupt *nie*.“

Kapitel 10

Vielleicht bekommt man, was man braucht

Dudelwick-Doppelung – Tag 8

Noahs: 256

Es waren acht Tage vergangen, seit Noah Unendlich beschlossen hatte, dass er mehr von sich brauchte. Nun gab es in der Schule mehr Noahs als andere Kinder. Die Direktorin sagte, die ganze Schule müsse umziehen – in ein riesiges Lager außerhalb von Dudelwick. Aber Noah wusste, dass nach zwei Tagen die Lagerhalle auch nicht mehr reichen würde. Und wenn Conni Funk recht hatte, würde in einem Monat schon das ganze *Land* nicht mehr reichen.

An jenem Mittwochmorgen ging Frau Fiddy wieder mit ihrer Klasse in die Sporthalle. In der

Amsel-Klasse waren nun 256 Noahs und 32 andere Kinder.

Frau Fiddy verbrachte den Morgen damit, ihrer Klasse etwas über Dinosaurier beizubringen.

Die Noahs hörten ihr ganz genau zu und freuten sich, dass sie eh schon alles über Dinosaurier wussten. Nur Noah hörte gar nicht zu. Er starrte stattdessen aus dem Fenster und sah, wie ein riesiger Laster durch das Schultor fuhr. Als er stehen blieb, stiegen die Fahrer aus und luden eine Kiste nach der anderen ab. Auf manchen Kisten stand groß und fett Spaghetti und auf anderen Kisten Tomaten-Soße.

‚Spaghetti mit Tomaten-Soße an einem Mittwoch?', dachte Noah. Selbst Frau Futter musste sich wohl diesem neuen Leben anpassen. ‚Ab jetzt gibt es bestimmt jeden Tag Spaghetti mit Tomaten-Soße', überlegte Noah.

Also blieb er gelassen, als er wieder der Letzte in der Schlange fürs Essen war. Er wusste, dass sein Lieblingsessen diesmal für alle reichen sollte ...

Aber anders als sonst war er sich nicht sicher, ob er es überhaupt wollte.

Frau Futter stellte eine neue Schale frische, heiße Spaghetti mit Tomaten-Soße vor seine Nase und sagte: „Der Letzte in der Schlange ... aber du bist der Erste, oder?“ Sie wischte sich Schweiß von der Stirn. „Ich meine, der erste Noah, das Original. Irgendwas an dir ist aber anders, das sehe ich.“

„Wie?“, fragte Noah.

„Alle anderen Noahs sehen aus, als würden sie bekommen, was sie wollen. Du aber nicht“, sagte Frau Futter. „Aber ... wie heißt es in dem Lied? *Wenn du es versuchst, bekommst du vielleicht, was du brauchst.*“

„Ich weiß immer noch nicht, was das heißen soll“, gab Noah zu.

Frau Futter zuckte mit den Schultern. Sie lud einen Haufen Spaghetti mit Tomaten-Soße auf ihre neue große Kelle und hielt sie Noah hin. Doch Noah zog seinen Teller weg.

„Haben ... haben Sie Hack-Braten?“, fragte er.

*

Es stellte sich heraus, dass Frau Futter ein wenig Hack-Braten für die Kinder gemacht hatte, die keine Noahs waren. Den letzten Teller davon gab sie Noah. Er war immer noch kein großer Fan von Hack-Braten. Aber er freute sich, dass er etwas anderes als Spaghetti mit Tomaten-Soße bekam.

Nach dem Essen ging Noah auf den Schulhof. Er sah sich um: Überall nur Noahs! Genau genommen hatte er den ganzen Tag noch niemanden *außer*

Noahs gesehen. Wo waren die anderen Kinder? Wo war der Rest der Amsel-Klasse?

Noah ging wieder rein. Irgendwo mussten sie doch sein. Wohin waren sie alle gegangen?

Noah ging durch die Schule und suchte jemanden, der nicht genauso aussah wie er. Die Schule war ganz still, denn die Noahs sagten ja kaum ein Wort. Da war nur das Echo von ihren gleichen Schritten in den Fluren.

Zum Schluss stand Noah vor der Bücherei. Darin war er seit einer Woche nicht gewesen, denn andere Noahs hatten die beiden Dinosaurier-Bücher ausgeliehen. Er spähte durch das Fenster in der Tür. Drinnen saß der Rest seiner Klasse und las, redete oder spielte etwas.

Noah schaute. Da waren so viele verschiedene Gesichter und Namen und Spiele. Er hörte die Kinder quasseln, Witze machen und lachen.

Lachen! Noah hatte die ganze Woche kein Gelächter gehört. Er merkte, dass ihm das gefehlt hatte.

Noah holte tief Luft und ging in die Bücherei hinein.

Alle erstarrten.

„Entschuldigung", sagte er, aber er wusste nicht, warum.

„Wir wollen nicht ‚Dinos' spielen", sagte ein Junge.

„Oder über Dinos reden, lesen oder sonst irgendwas mit Dinos machen", ergänzte ein Mädchen.

Noah stotterte: „Ich ... ich weiß. Ich will das auch nicht. Ich dachte nur ... Ich dachte nur, ich könnte vielleicht ... Vielleicht könnte ich das spielen, was *ihr* gerade spielt?"

Zu Noahs Überraschung ließen die anderen Kinder ihn mitspielen. Zum ersten Mal nach einer Ewigkeit spielte Noah wieder mit jemandem, der nicht sein Doppelgänger war. Und sie spielten auch keine Dino-Spiele. Noah sprach so selten mit den anderen Noahs, dass er sich daran gewöhnt hatte, still zu sein. Nun hörte er zu.

Noah hörte, was die anderen Kinder dachten und welche Ideen sie hatten. Und er fand Dinge heraus, von denen er nichts ahnte. Er erfuhr, dass Schweine nicht nach oben schauen können. Und dass die Venus der einzige Planet im Sonnensystem ist, der sich im Uhrzeigersinn dreht. Und dass man sich nicht am eigenen Ellbogen lecken kann – egal, wie oft man es versucht.

PIGS
CAN'T
LOOK UP
?

Noah verbrachte den Nachmittag mit den anderen Kindern in der Bücherei. Jedes Kind war anders, aber deshalb fühlte Noah sich auch endlich wieder wie er selbst. Endlich verstand er, was Frau Futter meinte: Vielleicht war das nicht das, was er haben wollte. Doch es war das, was er brauchte.

Natürlich hatte Noah im Kopf, dass sich am nächsten Tag die Noah-Menge wieder verdoppeln würde. Und am Tag drauf wieder und an dem danach. Bis es Tausende, Millionen und sogar Milliarden von Noahs geben würde.

Aber erst einmal spielte Noah nur.

Dieses Buch wurde von Kindern für Kinder getestet.

MIX
Papier aus verantwortungsvollen Quellen
FSC® C089473

Dieses Buch ist erhältlich als:
978-3-407-74987-1

Die Originalausgabe erschien 2018 unter dem Titel *Noah Scape. Can't stop repeating himself* bei Barrington Stoke Ltd, 18 Walker Street, Edinburgh, EH3 7LP

Übersetzung: Julia Süßbrich
Lektorat: Elisabeth Gayer
Neue Rechtschreibung
Umschlaggestaltung: Jasmin Kerstner unter Verwendung von Illustrationen von Steve May
Herstellung: Jasmin Kerstner
Satz: Lina Marie Oberdorfer, Mannheim
Druck und Bindung: Beltz Grafische Betriebe, Bad Langensalza
Printed in Germany
2 3 4 5 6   24 23 22 21 20

Der Inhalt dieses Buches ist auf 100% Recyclingpapier gedruckt.

Weitere Informationen zu unseren Autor_innen und Titeln finden Sie unter www.beltz.de

Kämpfe wie ein Adler!

Christine Stahr

Hanna und der Flug des Adlers

Mit Bildern von Laura Rosendorfer
Gebunden, 96 Seiten
Gulliver (74996)

Hanna liebt Karate. Doch seit sie gegen Sofia trainiert, läuft es einfach nicht. Sofia ist schnell und hinterhältig wie eine Schlange – nicht nur auf der Trainingsmatte.

Oma India sagt, dass Hanna zuerst ihr magisches Glückstier finden muss. Das ist das Verrückteste, was Hanna jemals gehört hat!

Doch als Hanna eines Tages Adlerfedern in ihrer Sporttasche findet, erlebt sie eine Überraschung.